KB231734

비가 내리는 마을

비가 내리는 마을

강창민 시집

문학동네

나는 내 속에 있는, 이해할 수 없는 허깨비들과 힘든 싸움을 벌이며 살아왔다.

나는 그것들을 이해하려고 애썼고, 자주 그것들에게 협박도 하고 설득도 하고 사정도 하고 모른 척하기도 했다. 그러나 번번이 내가 지고 말았다.

요즈음 와서, 칼로 그림자를 베려는 듯한 그 방법이 아무 소용이 없다는 것을 알았다.

그것이 허깨비라는 것을 실감할 수만 있다면, 나는 자유로워질 수 있을 것이고, 밝게 사랑하며 가벼워질 수 있을 것인데.

시는 그 길로 가기 전의 아픈 몸짓?

내가 사랑하는 것들과 헤어질 수밖에 없는 족쇄?

그 밝게 열린 문으로 들어가기 위한 업풀이?

이제 끝내고 싶다.

1998년 4월
연변의 작은 방에서
강창민

차 례

自序

제 1 부 만가(輓歌)

제 2 부 비가 내리는 마을

제 1 부 만가(輓歌)

염불 1

슬픔이나 기쁨을 위해서가 아니다.
외로운 혼이여
어둠 속에 떠도는 혼이여
이 노래가 들리지 않느냐.

살아 있음의 벽을 뚫고
듣거나 듣거나 백 년 후에 깨어날
문득 홀로 무심코 새소리
그때 깨어날 그대 위해
허공에 띄우는 노래.

임은 잠이 깊어 듣지 못한다.
무덤은 너무 슬퍼 듣지 못한다.

불러도 불러도 들리지 않는다면
백 년 후에 깨어나도 들리지 않는다면
다시 불러야 할 노래.
혼자 불러야 할 노래.

염불 2

누가 닫았기에
이 노래가 들리지 않느냐

들어주게 혼이여
임보다 먼저, 무덤보다 먼저
들어주게.

시작을 위해서가 아니다.
끝을 위해
그대 자유로울 허공을 위해
부르는 노래.

들리지, 들리지
처음 듣는 울음소리
그건 빗소리.
마지막 보는 눈물
그건 바로 내 노래.

이 노래를 그치게 해줄 수 없겠나,
혼이여

염불 3

그쳐주게, 노래를
너무 아파 들을 수가 없다.
가락은 들리지 않고
아픔만 들리네.

돌아가고 싶다.
물살을 거슬러
풀잎 따가운 산을 버리고
흩뿌려진 강을 버리고
죽은 채, 썩은 채 돌아가겠다.

누가 나를 나무랄 것인가
누가 나를 쫓을 것인가

내 손을 잡아주게.
바로 여기네. 오오
점점 멀어 들리지 않는다.
더 크게 불러주게.
아프지만 더 크게
그 노래를 불러주게.

만가(輓歌) 1

탱자울에 하얗게 눈이 내려
뻗친 가시의 아픔이여
누가 어둠 속에 사라지는
영산(靈山)을 잡아주게.
누가 두려움으로 덮인
종루에 올라 종을 쳐주게

동짓날 눈발을 왜 탓하랴
아버지, 아버지

잠에서 깬 내 곁에
향내음에 젖
곡소리 몇 개 누워 있다.

* 초등학교 사학년, 그해 겨울은 몹시 추웠다. 우리는 상여처럼 생긴 영
산농고 교장 사택에서 아버지의 임종을 지켜보아야 했다. 나는 며칠
전부터 집 앞의 초라한 교회에 밤에 몰래 가서, 하느님은 아이의 기
도는 들어주신다는 주일학교 선생님의 말만 믿고 아버지 대신 죽게
해달라고 기도했다. 동짓날 아버지는 돌아가셨다. 사흘 뒤 크리스마
스 이브의 암송대회 때 그전처럼 모든 사람들이 나를 칭찬해주기는커
녕 내 차례마저 그냥 지나쳐서 나는 모두 끝난 뒤에 스스로 나가 울
면서 암송을 했다.

만가(輓歌) 2

우리 다시 만나볼 동안
슬픈 사건은
늘 산 아래 바다에 잠겨 있다.

송도 앞바다여
칠월의 햇살을 꺾는
시립 병원의 눈부신 벽이여
노대에서 흩어지는 향을 탓하지 않았다.
와주지 않는 사람을 탓하지 않았다.

무념(無念)에서
대젓가락에 집혀지는
흔적마저 뜨거운
어머니, 어머니
저 건너편에 빛난 곳은
전혀 보이지 않았다.

* 작은누나와 동생과 내가 갔을 때는 이미 어머니의 관에는 못질마저
  끝나 있었다. 울다 지친 큰누나와 이모, 그리고 핏줄도 닿지 않은 필훈
  이형밖에 없었다. 부산 당감동 화장터에서 모두 울 때도 나는 도무지
  눈물이 나지 않았다. 그래서 눈에 침질을 하며 마른 울음만 울었다.

만가(輓歌) 3

여수 앞바다에 누웠다네.
겨울 바다여
그의 혼을 돌려주지 않겠나.

친구는 난파선을 버리고
밤의 차가운 혼돈 속으로 뛰어들어
한점 빛을 향해 헤어갔다.
더 넓은 바다로, 더 깊은 잠으로
친구여 친구여, 돌아오게
그건 수평선 위에서 반짝이는
떠돌이별이었다네.

간혹 내게로 친구가 헤어와서
내 이름을 불러도
나는 아아, 대답하지 못한다.
다른 바다의 파도 사이로 휩쓸리는
친구의 흰 손을 보며
내가 무어라 말할 수 있겠나

* 친구 대원이는 그날 새벽 엽서를 써놓고 그날 밤에 군함에 부딪친 그
여객선에 탔다가 죽었다. 머구리들이 몇 날을 고생해서 겨우 바다 안
쪽으로 헤엄치는 자세로 죽어 있는 그를 건져냈다고 한다. 그는 아마
배가 침몰되자 파도 사이로 보이는 불빛을 보고 헤엄쳐 갔으리라. 그
가 본 그 빛은 지금은 이미 사라지고 없는 몇억 광년 전의 떠돌이별
인지도 모른다.

이슈메일의 편지
―황정희의 죽음에

창가에서
유트릴로의 화집을 펼치고
흰색의 고독한 거리에 선다.

황야를 좋아한 그대
이제 자연법을 벗어난
늘 푸른 나무 꽃
선쾌한 노래 속에 살리.

그곳이 어디메냐
그리도 부러운 나라더냐

문득 바람에 흔들리는
그대 노래를 만나고
쉬 잃고 마는
초겨울 숲에서

*

물가에 서면

낙엽 하나에도 부서지고
밤중에 뜰을 서성이며
겨울비에 젖는다.

화집을 덮어도 친구여
우리는 황량한 거리를 헤매고
술을 마시며
그대 이야기만 한다.

* 어느 비가 칙칙하게 쏟아지던 초겨울에 그에게 전화를 걸었다가 그가
  그날 죽었다는 것을 알았다. 그는 꽤 차갑고 때론 거만해 보이지만,
  참 섬세했고 다감했다. 그런 그가 스스로 목숨을 끊었다. 공원묘지에
  묻혀 있는 그에게 아직 한 번밖에 가지 못했지만, 늘 어울리던 창익
  이 몇 년을 소식도 없이 사라진 것처럼 불현듯 그렇게 나타나면 윤석
  과 함께 소주병을 들고 찾아갈 것이다.

무지개 1

비가 그치자 우리는 남천강으로 물구경을 갔다. 황토가 흐르는 강에는 나무둥치도, 반짇고리도, 도야지 새끼도, 어이어이 소리지르는 사내를 태운 지붕도 떠내려갔다. 동네 사람들이 쥔 장대가 닿지 않는 강 안쪽에 서너 살쯤 된 아이의 주검도 검게 잠기다 하얗게 떠오르며 떠내려갔다. 물길이 가는 강 하구 쪽 갠 하늘에 방금 걸린 무지개가 보였다.

무지개 2

옛날이야기를 해달라고 조르는 아이에게 할머니는 망나니 이야기를 들려주었다.

머리채를 풀어헤친 벌거숭이 망나니가 물보라를 푸푸 뿜으며 추는 칼춤과 잘라진 목에서 뿜어져 나오는 핏줄기를 생생하게 얘기해주었다.

그 후 아이는 잠들기를 무서워하며 점점 야위어갔다. 아이의 꿈에 온통 망나니가 뿜은 물보라의 무지개가 걸렸다.

무지개 3

큰형은 아편을 피운다. 뇌종양이 커갈수록 발작은 잦아지고, 고통은 그의 신경을 찢는다. 형은 이제 한 달도 살지 못한다.

어른들과 형수는 형에게 아편을 권할 때마다 목이 메인다.

큰형이 아편에 취하면 그의 세계에는 온통 무지개가 떠오른다고 한다.

무지개 4

 전신주 꼭대기에서 전공이 추락했다. 몇만 볼트의 전류가 그의 손끝에 당겨져 젊은 심장은 섬광에 찢겼다.

 전공의 주검이 마을 사람들의 기억에서 사라진 비 갠 어느 날 오후, 전신주 위 하늘에 쌍무지개가 걸렸다.

무지개 5

유조선이 암초에 부딪쳤다. 기름은 파도를 타고 어부의 바다로, 어부의 해안으로 몰려들었다. 어촌 사람들은 해안으로 몰려가 어장에 덮이는 기름을 걷어내었다. 그러나 굴과 조개와 미역은 죽어버렸다. 어부들의 바다는 기름으로 번들거렸고 그 기름 방울마다 무지개가 맺혀 있다.

무지개 6

    월남에서 사내가 돌아왔다. 속살마저 까맣게 그을리고 가시에 긁힌 흉터는 그가 본 주검의 수효만큼 된다고 한다.

    사내는 귀국선의 배멀미로 월남의 기억마저 다 토하고 예전의 선량한 버릇으로 복귀했다.

    그러나 간혹 그가 적을 향해 쏘았던 총소리가, 자유가 노래로만 불러지던 전쟁터의 주검이 생생하게 되살아나면 그때마다 월남의 달밤에 걸렸던 무지개를 이야기하는 버릇이 생겼다.

제 2 부 비가 내리는 마을

비가 내리는 마을

회화 선생 윌리암은
비가 올 때마다 '피'가 온다고 한다.
그에게 내리는 피는 비지만
우리에게 오는 비는 피였다.

온몸이 온 마을이 피에 젖는다.

시인에게

그대가 잠들어 쓰는 시
떨리는 신경을 몰래 늘리어
어제는 어떤 꿈을 서럽게 짰는가

가난한 만큼 확실한 꿈을 꾸라, 그대여
꾸어도 빼앗기지 않고
빼앗겨도 더욱 넉넉해지는
그것이 무엇인가 말하라.

가위에 눌려
그대가 소리쳐 부르던 이름은
눈뜨면 늘
노란 나비처럼 사라지고 말았지.

다시 잠들려 애쓰는 그대여
뜰에 나가 겨울 비를 맞으면,
통금에 잠긴 어둔 골목을 보고 섰으면
누가 보고 싶은지 말하라.

그대가 잠깨어 쓰는 시

무서워 무서워 고쳐 썼다가
다시 적고 만 그 노래
그것을 불러라, 바보야

가려움증 1

온몸이 가렵다.
누가 와서 긁어다오.
손이 닿지 않는 등뼈 깊숙한 곳
내 꿈을, 내 잠을
어제의 어제인 생애를
지금의 미래인 지금을
우리가 사는 이 땅의
가장 후미진 곳을.
메말라 갈라진 한 뼘 땅의
눌리고 눌려 다져진 바위 밑을 긁어다오, 긁어다오.

가려움증 2

어디가 가려운지 모른다.
긁을수록 더 가렵다.
반달에 비친 반쪽뿐인 내 그림자.
온달에 비친 온쪽인 내 그림자.
그믐달에 비친
그림자인 내가 누운 땅.
내 그림자의 가려움. 온 땅의 가려움.
차라리 잊게 해다오.
배신과 음모로
칼과 총에 찢겨
아픔과 두려움에 피 흘리는 그림자.
그림자인 온 땅이 피에 젖게 해다오.
긁을수록 가려움이 번져
어디 한 곳 가렵지 않은 땅이 없다.
차라리 잊게 해다오.

비무장 지대를 위하여

풀꽃은 철조망에 꽃대를 비비며
녹냄새를 낮 들에 풍긴다.

잡풀이 수북한 곳에
주검 하나가 누워
흰 꽃을 피웠다.

"나를 일으켜다오.
사상이여, 나를 일으켜다오."

흔적 속에 흔적을 부여잡은 것들
송장나비떼가 날아오른다.

*

빨간 총대가 물 아래 잠겨 있다.
개울물에 씻겨도 씻겨도
녹은 지워지지 않는다.

무엇을 향해 쏘았던가

탄환이 박힌 곳마다 꽃은 붉어도
송장나비는 꽃잎에 쉬지 않는다.

"나를 쉬게 해다오.
잠들게 해다오, 나를."

달이 뜨면 바람이 불고
지뢰 위로 갈대가 쓰러져도
송장나비는 이 들을
떠돌고 있다.

* 월남에서 돌아와 최전방 수색중대에 있으며 서너 달쯤은 거의 매일
  비무장 지대를 수색했다. 그처럼 넓고 아름다운 땅은 월남 땅말고는
  본 적이 없다. 온갖 꽃들과 짐승들이 자유스럽게 살고 있었다. 이따금
  집터를 파헤치면 녹슨 숟가락도 가위도 바늘도 나왔다.

용서해다오

용서해다오, 난민들이여
그대들이 탄 배가 침몰할 때
자유를, 생명의 존엄성을 신봉하는
많은 나라의 많은 사람은
그때 술에 취해 있었다.

용서해다오, 파도 위에 혼을 띄운 이들이여
그대들이 물 속에서 숨질 때
우리들은 노래 부르면서,
서로 다투며 잠들어 있었다.
가장 편리하게 잠드는 우리를 용서해다오.

오오, 무서움을 아는 이들이여
무서우면 도망칠 줄 아는 자여
무서울 때 잠드는 우리를 용서해다오.

그대를 잊은 자를
그대를 기억하는 자를
그대를 들먹이는 자를 용서해다오.

바다와 맞닿은 하늘을, 하늘과
맞닿은 땅을, 땅에 있는 두려움을,
두려움에 사는
그대 닮은 우리를 용서해다오.

모래내 다리 근처 1

모래내로 오려면 헐벗은 가로수가 머리카락을 땅에 박고 서 있는 요술처럼 어두운 길을 지나와야 한다. 성산대교 공사로 헐린 판잣집 터 근처에 아직도 불이 켜진 술집에서 계집들의 노래가 들릴 것이고, 어두운 난간에 기대어 지난 여름을 토하는 늙은 사내도 보일 것이다.

겨울이 되면 모두 죽을 것이다.
모래내 근처에 사는
엉겅퀴, 비름, 끈끈이, 억새.
잡초는 죽어 겨우내 썩을 것이다.

다리 아래 어둔 시멘트 벽에
낡은 벽보 몇 장
'사람 구함' '급히 구함' '모집, 모집'
이미 그곳에는 아무도 섰지 않고
발자국 몇 개 멈춰 서 있다.

다시 사내 둘이 엉겨 싸운다.
헐떡거리며
교외 열차가 달려가고
머리카락처럼 잘린 달빛이
철교 아래로 떨어진다.

모래내 둑 위에 임시 전등이 켜진다.
과일 노점의 애꾸 사내가
헐린 벽을 쌓아 잠자리를 마련하고
오늘을 몇 잔 술과 바꾼
빈 병 장수가 인부들과 입씨름을 한다.

"내일을 어디로 실어가려고 길을 닦소?
몰라요.
그곳에는 누가 살우?
몰라요."

몰라에 사는 몰라에게 고용된 인부들이
불도저의 시동을 건다.

사내 둘이 함께 쓰러진다.
둘의 피가 모래내로 흘러들고
사내들을 기다리던 술집의
노란 불도 꺼진다.

모래내 다리 근처 2

밤늦게 다리 아래를 지날 때는 고개를 숙이고 재빨리 걸어야 한다.
비록 지난 늦가을에 앉은 채로 죽어가던 여자 거지가 생각나도 노
래를 부르지 말고, 그 거지를 리어카로 실어 요술동네에 버린 모래
내 사람들이 보고 싶어도 부르지 말아야 한다.

어둡다.

별은 보이지 않고
별보다 먼저 켜지는 노점의 등잔.
사람을 기다리는
늙은 사내와 애 밴 계집들.

아무도 좌판 앞을 지나지 않고
모래내의 썩은 물만 흘러
썩은 곳에서 죽은 곳으로
빈 교외선 열차가
불을 켠 채 흘러간다.

헐린 술집 터에
작부들이 부르다 만 노래 끄덩이
땅 아래 깊숙이 파묻히고 만다.

어디로 갔을까
밤이면 노래 부르기 시작하던 계집들
술 취해 어디로 갔을까

건너 둑 위에 웅크린 어둠
어느 시든 잡풀 대궁이에서
낮 내내 아이들에게 쫓기던
잠자리 한 마리가 추운 잠을 잔다.

추운 잠.
춥지 않다면 껴안지 않고
모래내 사람처럼
서로를 가여워하지 않을 것이다.

밤이면 더 힘이 솟는
공사장 인부들의 해머 소리가
점점 다가오면
늙은 사내와 애 밴 계집들은
황급히 좌판을 거둔다.

겨울이 오기 전에
잠을 자두어야 한다.
집이 헐리기 전에
모래내 사람들은 잠을 자야 한다.

모래내 다리 근처 3

사라질 것이다, 마지막 부대마저 철수시킨 주월군처럼. 겨울은 녹아
버릴 것이다, 겨우내 헐린 집터에서 웅크려 있던 사람들. 모래내 사
람들을 잊을 것이다, 그곳에 섰던 옛집과 아낙들, 헐벗은 아이들이
부르던 노래를.

춥다.
추워지면 눈물이 나는 사람들

눈이 내린다. 어둠 속에 희끗거리며
교활한 몸짓으로
빈 좌판에 쌓인다.

아무도 눈을 사가지 않고
떠난 이웃의 발자국만
어둔 다리 밑에 모여 있다.

발자국도 되돌아갈 수 없는 동네
눈 그치면 하얗게 떠오르는
저긴 너무 낯선 요술동네.
꿈은 거기에 깊고
여긴 빈 병처럼 얕은 잠을 잔다.

"춥다.
아무라도 와서
껴안아다오."

바람 찬 날은 밤이 깊다.

요술동네

1

날이 어두워지면 와보게.
연남동의 불빛이 휘황해도
그대를 기다리는 것은 길뿐
빈 골목에 서서 외쳐도
아무도 내다보지 않고
먼 데서 개만 그립게 대꾸하리.

자정이 되기 전에 돌아가게.
그대가 호루라기 소리에 쫓겨갈 때
지나온 길은 이미 깊은 수렁
등뒤에서 출렁이며 차오르는
물살 소리를 들으리.

뒤돌아보지 말게.
이미 연남동은 물살에 휩쓸리고
집들은 스르르 외딴섬이 되어
저마다 흘러가는 저마다의 바다에서
외롭게 떠돌다 잠기고 있으리.

2

날이 새거든 와보게.
그대는 들을 수 있으리.
연남동이 잠긴 바다를 향해
성산의 나무들이 외치는 소리를.

푸른 잎 던지며 아아, 하면
아이 울음 하나 떠오르고
다시 아아, 하면
지붕 하나 떠오르리.

그대 발 앞으로 이어지는 길로 가보게.
간밤에 떠내려간 집들이
멀쩡하게 솟아 있으므로
그대만 더욱 외로워질 것이네.

* 부잣집들만 모인 것 같은 연남동 한쪽에서 셋방살이를 했다. 나는 술이 취해 밤늦게 돌아오며 넓고 텅 빈 골목에서 "이상하고 아름다운 도깨비 나라······" 어쩌구 하며 악을 쓰며 노래를 부르곤 했다. 누가 나와서 시끄럽다고 욕이라도 했으면 좋겠는데 아무도 내다보지 않고 개들만 짖을 뿐이었다. 그래서 이따금 그곳이 개들만 사는 동네 같고 진짜 집들은 어디로 모두 떠내려가고 신기루만 떠 있는 것 같아 무서워져서 더 크게 노래를 부르곤 했다.

제 3 부 누가 바다 가운데에다 산을 두고 갔을까

송장헤엄

누가 바다를 떠받들고 있을까
누가 나를 흔들고 있을까

송장헤엄을 치며
바다 끝에 가도
끝 간 데는 이미 흘러가버렸다.

끝은 누가 가져갔을까
해는 왜 하늘에 송장처럼 누워 있을까
불가사리는 왜 갯벌에 누워 있을까

송장 하나 바다에 누워 있다.

표류자여, 표류자여

1

이 물길은 어디서 끝나는 것일까
찢긴 해초의 이파리가
파도 끝에 떠 있다.

바닷새도 녹아버린
표류자의 눈 속에
빛살끼리 꺾이고 부서지는
하얀 소금 가루.

배는 흔들려도 하늘은 흔들리지 않고
하늘은 흔들려도
마음은 흔들리지 않는다.

흔들어다오.
그대의 마음을 흔들어
모든 바다와 하늘을
모랫벌에 널어다오.

파도는 보여도
바다 속은 보이지 않는다.

    2

수평선에 이어지는
또다른 밤바다.
표류자의 꿈이 푸른 뼈로 눕는
뱃바닥에서

끊임없이 숨을 거두는 바다.
파도는 잠에 스며들고
꿈자리에 얼핏 별자리가 총총하면
또다른 바다는 멀어지고 있다.

잠은 표류의 끝이 아니다.
표류자여, 표류자여

불가사리도 잠든 바다,

그대가 표류하는 그대의 바다에서
이제 깨어나 마음을 걷어다오.

누가 바다 가운데에다 산을 두고 갔을까?

— 신대철에게

여기도 무인도
근처의 바다는 한번도 갈라선 적이 없는
파도만 겹겹이 다가오는
여긴 기쁨도 모르는 섬.
이 가파른 절벽과 모랫벌
우리들의, 너희들의 땅도 아닌
바람의 땅. 노래가 부서져 모래로
바람이 흔들려 노래로
흔들리며 다져진 땅.
여긴 그리움도, 잠도 없는
산 하나 그냥 솟은 무인도.

누가 나를 여기다 두고 갔을까?

섬

나는 떨어져 나오지 않았다.
산맥에서 뻗친 길로부터
모르는 새 버림받았을 뿐이다.
꿈도 꾸지 않았고
노래 부르지 않았다.

파도에 살이 깎여
잊힌 듯 바다 가운데 서면
물살에 시린 내 검은 뼈대.
쓰러져 잠들지 않고
서서 외치지 않았다.

나와 산맥 사이를 점령한
바다의 느긋한 출렁임.
출렁일 때마다 흐르는
뭇 섬의 외로운 해방.
잠든 채 흘러가는 정어리떼의 꿈.
나는 흘러가지 않고
침묵하며 서 있다.

보아다오, 내 땅을
차단당한 깊이보다 더 깊은
발 디딘 검은 땅.
그림자는 떠 있어도
나는 떠 있지 않다.

나를 섬이라 부르지 마라.

한낮의 노래

어디에 외로운 무덤이 있는가.
풀의 혼들이 푸르게
물살 위에 반짝이는 한낮에도
부대낄 해안은 모래알 구르는 소리,
정강이뼈를 마주치는 시간이
바다에 잠긴다.

어디에 가난한 주검이 누웠는가
바람에 깎이고
박제로 빛나는 우리의 사랑.
이 흐름에 그림자를 띄워도
씻기지 않아 서러운 노래여.

어디서 떠돌고 있는가
잠들지 못한 혼이여.
떠돌다 풀 꽃 위에 쉬면
문득 뼈만 남은 햇살이 쌓이고
떠돌다 갈밭에 서면
외로운 생명과 등을 돌리는
갈꽃의 노래를 듣는다.

어디에 창백한 약속을 두고
어디서, 어디서 왔는가.
외로운 혼들은 외롭게 잠들고
여백에서 흐르는
이 파도가 쉼없어
누가 나를 잡고 노래해주게.

우리는 바다

내게 안기는 바다
먼 섬의 포구에서
꽃내 풍기며 떨던 파도.
땀에 젖은 채로
밤마다 꾸었던 악몽을
내게 토해놓는 바다.

새롭게 새롭게 안겨오는
믿기지 않는 거대한 바다.
밤도 짧고 잠도 짧아라.
돌아서며 멀어지며
다시 곁에 와 눕는
노래보다 자주 생각나고
생각날 때마다 작아지는
내 품에서 잠드는 바다.

바다를 안을 때마다
땀에 젖고
바다를 의심할 때마다
나는 더러워지는 강.

내가 안기는 바다.
두려움에 떨면, 짐승의
새끼처럼 다시 떨면
잠은 죽음처럼 편안해라.

우리는 바다.
더러워진 만큼 맑아지는
늘 새로워지는
살아 있는 바다.

바다와 나

바다가 나를 본다.
나는 검은 마음을 출렁이며
바다 곁으로 다가가고 싶었다.

바다는 내 속의 바다를 향해
바다 속의 나는
내 속의 바다 속의 나를 향해
물살을 일구어도 서로 닿지 못한다.

내가 바람 속에 흔들리면
바다 속의 나도 흔들리고
바다가 울면
내 속의 바다도 따라 운다.

내가 바다를 본다.
바다가 내 속에서 밀려들고,
바다가 나를 본다.
내가 바다 속에 잠겨도,
바다와 나는 서로 손을 잡을 수가 없다.

제 4 부 눈사람을 위하여

연

팽팽한 연줄로 너를 붙들고
들판에서 떤다.

얼레를 감으면 실마저 끊기고
너는 휠 휘얼
강 건너 산 너머로 날아갈 것 같아
자꾸 연줄을 푼다

까마득히 솟은 너를
언 손으로 감을 수 없어
바람 센 들판에는
노을만 짙다.

밤 도시의 노래

벼랑 끝에서
밤바다 혼돈 속으로
흰 빨래처럼 뛰어들고 싶을 때
겨울 산은 부러진 장도(長刀) 같은
언 능선을 빛낸다.

다시 떠오르지 못할 수렁 속으로
깊게 깊게 잠기고 싶을 때
너는 무지개처럼 떠오르곤 한다.

모든 연습을 끝내고 싶어라.
절정의 연습마저
살아 있음의 아침마저
버리고 싶어라.

어제는 언 도시의 동편에서
붉은 달이 떠올랐다.
우리는 육교 위에서 시린 손을 맞잡고
우주인처럼 달을 쳐다보았다.
달이 우리를 버려두고 가버릴 때까지

떨며 바라보았다.

방문을 잠그고 불도 끄면
보이지 않는 것은 벼랑
우리가 매달린 절망의 벼랑
손 내밀어 서로를 쥐면
칡넝쿨에 매달린 겨울 풀잎처럼
우리는 서로의 손아귀에서 함께 부스러진다.

다시 한번 절망해야 한다면
부서져 남김없이 버려야 한다면
우리의 무지개는 서로 다른 하늘에 떠올라
밤 도시에
차갑게 걸릴 것이다.

* 우린 자주 술을 마셨다. 그와 결혼을 하겠다고 우기자니 내세울 것은
  아무것도 없는 가난뿐이었고, 더구나 우린 동성동본이니 말이다. 그
  래서 속상해 술만 마셨다. 그래서 외롭고 사람이 싫어질 때마다 우린
  서로 시린 손을 맞잡고 자주 육교 위에서 우주인처럼 달을 보며 그곳
  으로 도망치고 싶어했다.

별

외롭게 빛나리라
어둔 누리에서

우리가 모두 별로 불리어질 땐
메밀밭에 어깨를 맞대고 핀
메밀꽃처럼
그리 외롭지 않았다.

우리는 외로워지기 시작했다.
우리는 별이지만 이름은 아니었고
이웃별이 빛나도
지척은 분명한 거리였다.

나에게도 별인
이웃별의 빛남
추락하던 별의 길게 끌리는
아, 하던 탄식
뚜렷한 우리들의 자리.

우리는 서로의 빛남을 지켜보았고

혼자였을 때보다
저리 많은 이웃별과 함께 있을 때
더 외로워했다.

빛나지 않으면 외롭지 않고
외롭지 않다면
우리는 별이 아닐 것이다.
빛냄보다 빛남이
빛남보다 외로움이 되고자
우리는 별이 되었을 것이다.

어둔 만큼 빛나리라. 우리는
외로울수록
혼자 반짝이리라

달

달이 도망쳤다.
팅팅 불어 누웠던 못 속에도 없다.
노란 껍질만 벗어두고
알몸으로 도망쳤다. 달을
잡아라, 달을
저 숲이 의심스러워
저 숲이 의심스러워

어디에 숨었을까
껍질 뒤에 숨었을까, 이름
뒤에 숨었을까
숲이 넘어지면 산이 운다.
산 속에 숨었을까
돌멩이처럼 입 닫고 물 아래 잠겼을까

달이 있던 자리에
별 하나 있다. 별은
파수꾼, 졸음에 깜박거린다.
하늘은 온통 빈 자리
달이 돌아오지 않으면

떠날 때의 달이 아니면
그 자리에 채울 수 없다.
그때의 달은 없다.

빈 하늘도 사라진다.
죽은 나무 사이로 돌아오는
늙은 사내들.
못가에 서면 그들의 빈 그림자가
못에 담긴다.

달을 찾지 마라. 그때의
달을 찾지 마라.
새롭게 떠오른 하늘에서
새 달이 도망치고 있다.

도시의 눈

눈이 내리면
도시의 지붕들은 낡아지고
우리는 눈사람을 그리워한다.
낡은 것일수록 더 새롭게
지붕 위로 떠나가고
떠나간 자리마다 눈바람이 맴돈다.

언 물줄기는 다리를 더욱 완고하게 하고
우리는 늘 다리 아래를 지나치며
밤을 기다린다.
모두 주검처럼 누워
누운 채로 별을 그리워하며
눈발처럼 소리없이 떠나갈
밤의 긴 꿈을 기다린다.

우리는 왔던 길을 되돌아가지만
길이 더럽혀지고 나서야
비로소,
비로소 우리가 온 길을 되돌아본다.
무엇이 우리를 더욱 춥게 하느냐

추위에 부풀어오르는 것은
저 낯선 얼굴.
서로 등을 돌릴 때를 기다려 눈발이 잦고
모두 낡아진다.

그리고 눈사람은 어느 산모퉁이에서
우리를 그리워할 것이다.

눈사람을 위하여

문득 상환암(上歡庵)을 생각하면
우리는 눈 속에서
헤매게 된다.

늘 새로운 눈이 쏟아진다.
파묻힐 때마다 떠올라
산모퉁이에서 울고 섰는 사내.

이 만발한 가화 속이면
네 사랑 얼마나 초라하고
눈 쓰고 나무 틈에 서면
네 거짓은 그리도 가여운지

눈길에서 말(言)을 잃었다.
등불을 켜들고 말을 찾아도
불빛이 닿는 곳에 흩날리는
굵은 눈발.

상좌의 염불은 너를 쫓고
새벽을 부르는 스님의 목탁 소리,

가지 꺾어지는 소리.
네 정강이는 눈 속에서 시리다.

눈이 내리면
새벽 염불이 들리고
눈길에서 헤매다 만나는 것은
두고 온 눈사람뿐이다.

* 친구 윤석과 창익보다 하루 늦게 그곳에 도착했다. 소주 한 병을 마시
  고 눈발이 흩날리는 속리산을 혼자 오르며, 두 자쯤 눈이 쌓인 산이
  아름다워 혼자 눈물을 흘렸다. 그날 밤 우리는 밤새 술을 마시며 가
  지 부러지는, 나무 넘어지는 소리를 들었다. 그러나 그 다음날 문장대
  에 올라 두세 병씩 마신 술에 취해 펄쩍펄쩍 뛰어내려올 땐 이미 그
  런 경치는 햇살에 녹아 사라지고 말았다.

나무꾼의 노래

나무 찍는 소리가 들리는 곳에
늘 내가 있다.

무성한 숲일수록 그늘은 짙고
날이 푸를수록
쇠도끼는 닳아진다.

네가 나무라면 백 번이라도 찍겠다.
나무로 서다오.

제격인 노랫가락도 하며
날이 무뎌지면 숫돌에 갈고
산이 깊어도 찾아간다.

지게 위에 보리밥 없고
칡넝쿨이 엉켜도 간다.

*

쩡쩡 산이 울리도록

도끼질을 거듭하면

나무 넘어지는 곳에
내가 넘어지고 있다.

뒷마당에 쌓이는
장목(長木) 더미 속에 희게 누워
푸른 시간을 찾는다.

평생 푸른 나무를 찍어도
죽은 나무만 뜰에 쌓인다.

빈 지게 메고 간다.
푸른 나무 있는 곳이면 어디나
나는 간다.

투우

날카로운 뿔을 얽고
푸른 풀밭에 피꽃을 흩는다.

코뚜레의 아픔도 잊고
채찍의, 굴레의, 정욕의
서러움도 잊는다.
나 같은 너와
너 같은 나.
우린 항복할 수 없는 두 뿔과
충혈된 두 눈밖에 없다.

뒷발이 파고드는 피나무들에
눈물 자국이 나도
분명 너는 내 적이 아니다.
분명 나는 네 적이 아니다.
서로의 멍에가 가여워서
너를, 너를 곤두박고 싶다.

힘을 주어야 한다.
꽹과리 소리가 요란해서가 아니다

네가 용을 쓸수록
나 또한 용을 쓰며
질긴 근육은 슬픔에 떨려도
전 생애 두 뿔에 걸고
우린 싸워야 한다.

이김도 쫓김도 싫다.
뿔을 얽지 않고
피를 쏟지 않는다면, 아
여물만 되씹는
우린 서러운 소일 뿐이다.

들판을 휩쓸며 싸운다.
울며 황소가 싸운다.

새벽마다 무꽃이 왜 피는지

밤에 무너지지 않은 것은 없다.
뒤꼍의 낡은 담도 쓰러졌고
전신주는 그들의 마음을 길게 눕혔다.
산은, 나무는 넘어지기 전에 잠겼다.

슬프지 않아도 잠드는 사람들
잠들지 않아도 꿈꾸는 병정들
그들의 구두만 새벽녘까지 잠든 도시를 다닌다.

새벽마다 무꽃이 왜 피는지
아무도 모른다.

밤의 무릎에 눌린 채
시간은 아직 잠을 깨지 않았고
도시는 아직 눈을 뜨지 않았고
사내의 절망만 하얗게 질려 있을 때
어느새 무꽃은 피었다.

고향

1

뽕밭을 끼고 아카시아 길목으로
이야는 달밤이면 나를 업고
자장가를 부르며 간다.

"오디가 익으면 따줄게
뽕잎 먹고, 달빛 먹고
누에가 고치 틀면 고까옷 지어줄게.
오디가 익어가고, 누에가 살쪄가고
우리 아간 잘도 잔다."

이야는 최 중사를 기다리며
아카시아 길목을 수없이 서성인다.

2

찔레가 담장을 덮어
바람을 향한 가시를 뻗치고

풍개나무에는
외삼촌의 이야기가 달린다.
쥐 한 마리가
아직도 창고에 가득 찬 쌀을 먹고 있는데
먼길을 떠난 외삼촌은 돌아오지 않는다.

　　　3

아버지는 모처럼 풍금 앞에 앉으신 밤에도
엄마의 무릎을 베고
나는 잠든다.

잠 속은 늘 혼자
검은 고양이한테 쫓기며
까마득한 꿈의 벼랑에서
나는 아아, 추락한다.

4

풀섶에 똬리를 튼 꽃뱀에
돌멩이를 던지면
우리들의 그림자를 향해 뱀은 날름거린다.

서울내기 계집아이와 풍뎅이를 잡으려고
복숭아 나무를 흔들어도
풍뎅이는 하늘로 날아가고
벌레 먹은 복숭아만 떨어진다.

5

목구가 죽은 날
누나와 나는 훌쩍이며
뒤곁 감나무 아래
푸른 감잎을 깔고 묻는다.

"목구의 무덤, 우리들의 개"

노란 풀꽃 묶음을
비목 앞에 놓고
우리는 죽음을 배운다.

6

엄마를 따라 새벽길을 걸어
삼문동 과수원에 간다.
안개 속에 떠오르는 사과알
아침 햇살이 잎새에 꺾이고
이슬은 풀잎에서 눈부시다.

매미 소리가 요란한 사과밭
낮잠에서 깨어보면
원두막에 쌓였던 사과는
어느새 다 팔려가고 없다.

7

잠실 곁
허옇게 허물어진 석조건물에
늙은 일본인 부부가 살며
겨울 아침이면 구걸을 나선다.
그들을 버린 조국의 수치를
골목마다 허연 입김으로 흩고
그들의 조국이 더럽힌 이 땅에서
늘 '사무이, 사무이'를 읊는다.

8

어디서 날아온 줄 끊어진 연이
앙상한 사과나무에 걸린다.
두 팔로 백 번을 감아도 남는 연줄
찢어진 연의 이마에 반달이 걸려 있다.

하늘을 노질하는 연을 주우려

강아지 쫓아가도
마른 억새풀에 걸려, 나는
강 언덕에 나둥그러지고 만다.

        9

저녁 예배시간
아버지의 기도가 절실한 밤에도
나는 얼레가 갖고 싶다.
유리가루 먹인 줄과 방패연.
엄마의 손가방을 몰래 열 때마다
나는 떨며
텅 빈 손가방을 본다.

* 나를 업어 키우다 시집간, 다음에 올 때 꼭 연과 얼레를 사주겠다던,
  애를 낳다 죽었다는 이야 생각. 아침 숟가락만 놓으면 나가서 연날리
  기 구경만 하다가 해가 져야 들어오던, 그러면서 매 맞지 않게 해달라
  고 문간에서 기도하던 생각. 집안 형편이 딱하던 시절에 엄마 손가방
  에서 돈을 훔쳐 엄마를 가슴 아프게 했던 생각. 매일 아침마다 사무이,
  사무이(추워, 추어)라고 읊던 일본인 거지 생각. 이런 생각 때문에 빗
  소리가 들리는 밤이면 혼자 늦도록 빗소리만 듣고 있는지도 모른다.

제 5 부 말의 처형

말의 처형 1

말을 처형하라는 명령이 내렸다.
사내들은 말을 가두고
녹슨 칼을 갈았다.

무꽃이 쩡쩡하게 핀 아침에
간밤의 꿈을 처형했듯이
흰 말의 목에 칼을 박았다.
힝힝거리는 말의 싱싱한 피가
칼자루를 쥔 사내들의
떨리는 손에 젖는다.

죽여도 죽여도 피에 젖은 채로
다시 살아나는 말.
밤마다 마구간을 깨고 나온
피 흘리는 말들이
마을을 휩쓸고,
계집들은 몸살을 앓는다.

말을 처형하기를 거부하는 이웃 몇이
말을 타고 간밤에 떠났다.
그들은 다시 돌아오지 않을 것이다.

말의 처형 2

길들여진 마지막 말의 목에
사내들은 칼을 박았다.

그러나 명령은 거두어지지 않았다.
말 대신 처형할 만한 것이
언제 사내들에게 있었던가
마구간에는 피에 젖은 말들만 있다.

사내들은 잠들지 못했다.
개구리의 울음이 그치지 않는 밤에
나무는 잎을 부적처럼 흔들고
말은 바람처럼
어둔 벌판을 내닫고 있다.

무서운 밤
사내들은 칼만 갈았다.
칼 가는 소리.
밤새 간 칼들이 푸르게 쌓이면
계집들은 짙게 화장을 한다.

떠난 이웃들을 그리워한 사내 몇이
걸어서 떠났다.
그러나 돌아오리라.
피 묻은 옷을 입은 채로 곧 돌아오리라.

말의 처형 3

처형했던 말의 목에
다시 칼을 박을 수밖에 없었다.
그들의 소유지에 말뚝을 박았듯이.

죽일수록 더 기운찬 검은 말의
목에 박힌 칼까지 부딪치는
피 묻은 칼의 피 묻은 쟁강 소리.

이제 칼도 바닥이 났다.
빈 광에서 돌아온 사내들은 잠든다.
칼이 없는 사내들의 초라한 잠.
사내가 잠들자 눈이 그치고
계집들은 몰래 나와 마구간으로 다가간다.

걸어서 떠난 사내들이
눈발 속으로 돌아왔다.
어느 마을도 그들을 반겨주지 않았다.
눈 덮인 들에는 돌아온 사람들의
흔들리는 발자국만 마을로 향한 채
눈 속에 파묻히고 있다.

말의 처형 4

마을의 계집들이 몸을 풀었다.
강보에 싸인 죽은 망아지.

사내들은 망아지의 주검을
들 저편의 빈 마을에 묻었다.
사내들이 마을로 돌아온 저녁에
노을만 창마다 걸려 있고
말도 계집들도 사라지고 없었다.

여기도 빈 마을.

사내들끼리의 저녁
달은 술취한 사내들을 버려두고
진다.

말의 처형 5

피바다 속에서 잠을 깨었다.
사내들이 말의 목에 칼을 박았듯이
그들의 목에 칼이 박혀 있다.

계집들의 다정한 이름도 부르지 못하는
피 흘리는 사내들이
이름을 쫓아 이름을 쫓아 달리고
말이 죽었듯이 잠에 쓰러진다.

새벽마다 계집들은
잠든 사내들의 목에 칼을 박았다.
최초로 사내들이 박은 칼이
최후로 사내들의 목에 박힐 때까지

밤마다 사내들은 꿈의 수렁에서
말의 냄새를 따라 피 흘리며 달리다가
새벽녘이면 마구간에 와 눕는다.

말과 계집들의 발자국을 지우는 바람이
빈 마을을 휩쓸고

남아 있는 것은 명령뿐이다.

적과 적 1
─적의 웃음

그곳에서 적을 만났다.
내게 준 녹슨 비수.
나는 비수를 들고 강에 갔다.
넘실거리는 푸른 우울이
흰 돌 사이로 흐르는 강.
나는 비수를 씻었다.

날이 선 비수를 보고 적이 웃었다.
나는 비수를 내 살에 박고
상처에서 솟구치는 내 모략을 보며 웃었다.

적도 그의 가슴에 칼을 박았다.
피는 흐르지 않고
상처 깊숙이 썩고 있는
적의 모략만 엿보인다.

우리는 웃었다.
어느덧 붉은 달도 따라 웃고
내 몸이 피에 젖었을 때
적은 쓰러졌다.

피묻은 칼도 적의 곁에 쓰러지고
적의 웃음이 굳은 채 썩고 있다.
그러나 나는
더 웃을 수가 없었다.

적과 적 2
　―밤

문득 적이 잠자리에서 깨었을 때
사내의 차가운 손이 목을 만지고 있었다.
적의 곁에는
촉감과 눈뿐인 사내가
어둠에 숨어 떨고 있었다.

창 밖에 달이 떠올랐다.
사내는 달빛에 쫓겨다니다
쨍그랑, 칼을 떨어뜨렸다.
그때 사내의 전신이 돋아났다.
적은 사내의 얼굴을
보았다. 사내는 바로 나였다.

적과 나는 칼을 향해 손을 뻗쳤다.
칼자루를 쥔 적이 용을 쓸수록
칼날은 내 손을 파고든다.
고인 핏물에 달빛이 진저리를 치며
창 밖으로 도망친다.

방이 어두워질수록

나는 사라지고 적과 사내가 칼을 잡은 채
내 잠에 묻힌다.

서기 이천년

UFO를 타고 왔다.
이천년의 강을 예언처럼 거슬러왔다.

허물어지기 시작한다.
무덤과 집들과
사내와 계집이 쌓은 가치와 개념의 도시들이
예수의 발뿌리에 무너진다.

서로를 심판하던 시간이,
사람에게서 사람에게로만 불던 바람이,
꽃의 아름다움이, 노래의 노래다움이
겨울 비처럼 쏟아져 언다.

허물어지고 부서진 것들이,
수억 개의 갑골동물이, 다시
예수의 발뿌리에서 일어난다.

들에 핀 잡초와 하늘의 새는
향기와 날개를 나누어 갖고
아무도 가꾸지 않아도 상처입지 않는다.

물고기에게서 사자에게로,
개미에게서 꽃에게로, 나비에게서 사람에게로
바람이 분다.
사람들의 아름다움이 꽃의 노래가 된다.

사람의 사람다움과 꽃의 꽃다움과
사자의 사자다움을 싣고
UFO는 사라진다.

사내 1

동아줄에 묶여 광 속에 던져진다.
맷자국에 피 흐르는
죄는 살점에 엉기어
비늘이 돋는 냄새,
시간이 썩는다. 무릎이 썩는다.
밖의 날은 광솔에서 타오르고
벽은 사내를 위협한다.
자물통에 꽂히는 열쇠 소리
문초자의 발소리가 다가오면 사내의
잔뼈는 하나씩 분질러진다.
두려워하라 두려워하라.
사내가 본 주검의 얼굴들이
상처를 핥는다.
녹슨 문이 열리는 새벽
사내가 방면당하는 날도
의식은 광 속에 하얗게 묶여 있다.

사내 2

겨울날 사내들이 노루 사냥을 한다.
고함치며 산골로 몰려가
오오, 우우 노루를 쫓는다.
적설에 빠지는 노루의
네 발이 훑이며
한 번의 모둠질에 네 개의
피꽃이 눈 위에 뿌려진다.
노루의 목줄기에 갈대통을 꽂고
생피를 마시는
사내들의 빛나는 입술.
사내들의 목에도 갈대통이 꽂혀 있다.

사내 3

사내 셋이 눈을 감고 앉아 있다.
한 사내는 노란 옷을 입고
한 사내는 검은 옷을 입고
한 사내는 빨간 옷을 입었다.

사내들의 가슴에는
하얀 헝겊이 달려 있다.

사내 셋이 눈을 감고 앉아 있다.

불가사리 1

검은 새의 울음이 깍깍거리는
흰 바다의 출렁임.
별이 수없이 부서지고 있다.
추락한 별의 노래
떠오르다 다시 잠기는 사내의
별이 물살에 씻긴다.
불어라, 하얀 바람
석 달 열흘 불어도
우리는 울음을 그치지 않으리라.
어제의 하늘에서 떠오르는
어제의 하늘이 징징거린다.
오늘은 물살 위에 있고
갯벌이 마련한 어제의 쉴 곳.
진개 속에 던져진 내 손이 붉다.

불가사리 2

낮에 내내 갯벌에서 익는다.
적이 없어 외로운 한낮의
끝없는 싸움.
주검이 없어 슬프지 않고
적이 없어 외로운 거짓.
꺾고 싶은 것은 빛살과 정강이며
죽이고 싶은 것은 우리의 마음
쩝벅거리는 진개인 마음.
적을 그리워한다.
당당하고 힘센 적을 그리워한다.

불가사리 3

불길한 파도에 휩싸인다.
그대는 알까
빗발이 후두길 때의 바다
한 방울마다 하나의 아픔이
빗방울을 핍박하는 것을.
허기진 혼백이
수없이 흰 손을 내미는 것을.
꿈의 미로를 헤매며 우리는
붉은 마음을 숨긴다.
서로를 배신한 만큼
우리는 굳어지고 있다.

불가사리 4

주검이 가득 찬 바다.
향냄새가 소용돌이친다.
살아 있는 마음에 담겨
산 듯이 죽어 있는 바다.
산 것일수록 굳어지고
붉어 까칠한 외로움, 이 외로움
살아 있음의 외로움.

풍랑은 다시
바다로 이어지고
우리는 갯벌에 누워 침묵한다.

색동 노래 1
―푸른빛

천 개의 하늘이 떠오른다.
하나인 천 개.
한 개인 마음이 바다에서
출렁이며 잠을 깬다.
하늘이 담긴 바다와
바다에 펼쳐진 하늘
이 땅은 푸르라.
초록 땅과 남빛 바다와 하늘의
푸른 생명으로 다시 푸르라.
나무 자라는 소리가 들린다.
푸른 띠를 머리에 두른 사내들이
날이 선 도끼를 들고 달려온다.
나무 찍는 소리.
수액은 땅을 적시며 흐른다.
바다로
바다의 하늘로, 하늘의
바다로 흘러간다.
사내의 온몸이 푸르다.

색동 노래 2
—누른빛

땅이 흔들린다
사내들은 해를 향해
건장한 팔뚝을 기운차게 흔든다.
바다를 메우는 누른 기운
기운이 땅을 흔든다.
계집들과 사내들이 마주 보고 웃는다.
땀이 흐르는 곳마다 땅이 익고
누른 땅으로 집이 모인다.
해마다 새 기운이 지붕으로 엮이고
힘과 웃음이 여기 있음을,
사내와 계집이 함께 있음을 알린다.

깃발을 꽂았다.
깃발로 모여드는 사내와
애 밴 계집들의 노래가 들린다.

색동 노래 3
—붉은빛

피를 흘려야 한다.
우리들의 넘치는 기운을 위해서
땅과 식량을 위해서
칼을 휘둘러야 한다.
횃불을 들어라, 횃불을
솥에는 팥죽이 끓고
방마다 계집은 아이를 낳고 있다.
우리들을 닮은 아이
낳아야 한다.
온 땅에 핏물이 튕긴다.
산과 들에 핀 피꽃은
우리가 거두지 않아도 된다.

적과의 공존이
늘 우리를 용감하게 한다.
사내들의 피 묻은 팔뚝을 보라.
횃불에 타오르는 우리들의
붉은 얼굴을 보라.
피를 흘릴수록
우리들의 땅은 비옥해진다.

색동 노래 4
—흰빛

너무 부끄러워 흰옷을 입었다.
뼈대를 숨긴 살이
피맛을 들인 혀와 팔뚝이
욕망과 투지가 부끄럽다.
주검의 얼굴에 떠오르는
끝없이 창백한 시간.
찍어도 모두 쓰러뜨릴 수 없는
푸른 기운과
끝내 쫓을 수 없는 우리들의
적인 우리.
우리들의 도끼는 오래오래 날카로울 수가 없었다.
피가 흐를수록
우리들의 거리는 교살당한 사내의
주검만이 들이차고
잠을 괴롭히는 칼 부딪치는 소리,
소리. 거짓과 맹신의 말들.
우리에게 여백은 주어지지 않았다.
깨달은 자는 흰옷을 입기 시작했다.
흰빛에 우리를 감추고
우리가 빛이기를 원했다.

표류 혹은 연습으로서의 삶

최현식(문학평론가)

　강창민의 마음(시)의 마을에는 심지어 맑은 날에조차 비가 내리고 있다. 이런 모순어법을 자연스럽게 하는 것은 '죽음과 외로움'으로 편만한 그의 의식의 영사기가 삐끄덕거리며 어찌할 도리가 없는 삶의 검은 심연만을 무수히 방사하고 있기 때문이다. 그렇게 내리는 비를 시인은 「비가 내리는 마을」에서 교묘한 말의 유희를 통해 '피'라고 진술한다. 이때 피는 그에게 희생적 제의를 통한 신생(新生)을 증거하는 상징물이 아니다. 차라리 그것은 시인에게 주사되는, 세계에 편재한 무의미성이 주요 영양성분인 링거 액 같은 것이다.

　김현은 일찍이 그 링거 액에 의존해 연명되는 강창민의 삶(시)을 '죽음이 바로 구원인' 삶으로 표현한 바 있다. 김현의 이러한 지적이 단지 수사적 의장에 불과한 것이 아니란 사실은 미욱한 것에 현혹되지 않는 나이라는 불혹(不惑)의 언저리에 낸 두번째 시집 『물음표를 위하여』(1990)를 참조한다면 훨씬 뚜렷해진다. 시인은 노골적으로는 한번도 드러낸 적이 없던 영원한 휴식에의 의지를 "노래의 품에 안겨 / 선율에만 흔들리며 / 다만 깊이 잠들고 싶다"(「불면증 2」)고 간절히 토로하고 있다. 여기서 노래와 선율이 시의 비유라는 것은 자명하다. 그런데 그 노래에 가탁한 '깊은 잠'은 단순한 잠이 아니다. 그 잠은 "너무 깊어 바닥이 보이지 않"으면서도 "맑디맑은" '죽음의 잠'이다. 물론 그 잠의 세계를 우리는 일차적으로 상상력을 통해 생산된 시간의 파괴적 흐름이 정지된 영원성의 세계, 즉 미적 가상체라 해독할 수 있다. 그러나 시인이 근본적으로 갈구하는 것은 깨어나면 허상이 되는 '순간'의 삶이 아니라, 시간이라는 자연법이 진정 적용되지 않는 '영원성'의 세계 곧 명부의 삶이다. 이는 위에서 인용한 '잠'의 모순적 속성이 증거한다. 사실 개별적인 삶에게 죽음은 상상 혹은 간접체험에 불과한 것으로, 그것은 부재의 형식으로만 경험되고 의미화된다. 그러므로 그것은 개별적인 삶의 직접경험으로는 파악될 수 없는 영원한 미궁 내지 끝 간 데 없는 심연이다. 그렇지만 동시에 죽음은 삶의 인고라는 불순물을 걸러내는 증류기이기도 하다. 결국 그에게 '맑디맑은' 세계로 지향되는 영원한 삶은 죽음을 통해서야 가능한 것으로 생각되고 있는 셈이다.

그가 이토록 죽음에의 친연성을 토로하는 이유는 무엇일까. 우리는 이 이야기를 풀어나가기 위해 「고향」이란 시를 특별히 주목해야겠다. 많은 시인들은 보통 첫 시집에 삶의 연혁을 살며시 고백함으로써 자신의 시의 기저의식을 드러내곤 한다. 대개의 시인들에게 유년의 삶은 세계의 비밀을 '발견'해가는 즐거움과 "별똥 떨어진 곳,/ 마음해 두었다/ 다음날 가보려"(정지용, 「별똥」)는 동경심으로 달아올랐던 시기로 기억되게 마련이다. 그런데 죽음과 외로움에 관한 상념이 이미 그의 내면에 단단하게 착근된 상태에서 불러낸 기억이어서 그런지 몰라도 강창민의 유년에는 '하강' '이별' 기약 없는 '그리움'의 이미지만 도드라지게 나타나고 있으며, 그것은 최종적으로 '죽음' 의식과 깊이 연계되고 있다.

> 잠 속은 늘 혼자
> 검은 고양이한테 쫓기며
> 까마득한 꿈의 벼랑에서
> 나는 아아, 추락한다.
>
> (……)
>
> 노란 풀꽃 묶음을
> 비목 앞에 놓고
> 우리는 죽음을 배운다.
>
> ―「고향」 중에서

시적 자아가 먼저 배우는 것은 착한 심성으로 말미암아 복을 받거나 구원에 이르는 콩쥐나 해와 달이 된 오누이 이야기가 아니다. 그보다 그는 기약 없는 기다림, 이별, 죽음, 불안과 같은 던져진 존재로서의 인간이 견뎌내지 않으면 안 될 불행과 업을 먼저 배운다. 「고향」에 나오는 기다리다, 돌아오지 않는다, 추락한다, 떨어진다, 묻는다, 나둥그러진다 등의 주요 동사들은 이미 시인이 유년기에 그 자신의 삶이 동경의 좌절과 친근한 것들과의 이별을 연습하는 과정으로 점철되리란 사실을 영악스럽게 알아차렸다는 것을 보여준다. 이런 상황에서 특히 주목되는 것은 "죽음을 배운다"는 진술이다. 주체와 타자를 거리화하는 단어 중 '죽음/죽다'를 능가하는 단어는 존재하지 않는다. 죽음은 관계의 영원한 단절을 의미하며 삶의 무의미성을 증거하는 최종심급이다. 그것의 공포에 떨면서도 인간은 누구나 생애 내내 친근한 존재들로부터 죽음을 배우지 않을 수 없다. 자신이 실행할 수 없고 또한 동행이 불가능한 그 배움에 대해 시인이 지불할 수 있는 수업료란 기껏 '노란 풀꽃 한 묶음'이거나 "그대 자유로울 허공을 위해 부르는" 염불이나 만가(輓歌)이며(「염불」 「만가」 연작), 아니면 그들과 관계 맺었었다는 징표로 혹은 죽음을 확인하는 최종절차로 그들의 주검 위에 '무지개'를 걸어주는 일이다.(「무지개」 연작) 그러나 죽은 자를 위로하고 기억하려는 이런 행위들은 자신의 외로움과 허무감을 재차 확인하는 역설적인 또다른 배움에 지나지 않는 것이다.

이러한 죽음의 편재성이 강요하는 불안과 고독은 그의 삶을 표류하는 것으로 혹은 연습에 불과한 것으로 가치절하하게 만든다. 이제 자세히 살펴보겠지만, 그에게 그런 삶을 강요하는 현실은 미래에 대해 닫혀 있을 뿐만 아니라 세계의 본질 대신 표면적인 현상만 일러주는, 무의미하고 폭력적인 체계로 인식된다. 그런데 그의 이러한 태도는 현실에 대한 과학적 인식에서 기인하는 것은 아니다. 그보다는 세계와의 의미 있는 접점을 찾으려 애쓰지만 늘 실패를 맛보아야 하는 자아의 '불행한 의식'으로부터 나온다.

i) "내일을 어디로 실어가려고 길을 닦소?
　　　몰라요.
　　　그곳에는 누가 살우?
　　　몰라요."

　　　몰라에 사는 몰라에게 고용된 인부들이
　　　불도저의 시동을 건다.
　　　　　　　　　　　　　　　　―「모래내 다리 근처 1」중에서

ii) 파도는 보여도
　　　바다 속은 보이지 않는다.
　　　　　　　　　　　　　　　　―「표류자여, 표류자여」중에서

iii) 바다는 내 속의 바다를 향해
　　　바다 속의 나는
　　　내 속의 바다 속의 나를 향해
　　　물살을 일구어도 서로 닿지 못한다.
　　　　　　　　　　　　　　　　―「바다와 나」중에서

인용한 시들에서 보듯이, 그의 불행한 의식은 "몰라요"로 대변되는 삶의 불확실성에서 기인한다. 이것은 궁극적으로 '바다 속'으로 상징되는 세계의 비밀을 손아귀에 움켜쥘 수 없다는 허무의식을 낳으며, 그것을 넘어서기 위해 시인과 바다가 서로 몸을 바꾸어도 서로의 근원에 가 닿을 수 없다는 절대 고립감 혹은 외로움으로 심화된다. 그러므로 그가 "모르는 새 버림받았을 뿐"(「섬」)이란 유폐의식을 느끼는 것은 매우 당연한 논리적 귀결이다. 이와같은 강요된 추방을 사는 표류자로서의 불행한 의식은 ⅰ)의 후반부에 암시된 것처럼 삶은 만들어가는 것이 아니라 운명에 따라 부유하거나 혹은 소비되는 것으로 여겨지게 만든다. 한편으로 시인은 이런 소비되는 삶의 문제가 사회적 차원의 것이란 사실을 "몰라에 사는 몰라에게 고용된 인부"라는 재기발랄한 언어유희를 통해 보여주기도 한다. 즉 하나의 소모품으로 전락한 채 자본의 논리에 따라 기계적인 삶을 영위해야 하는 현대인의 물화된 삶은 고용된 인부의 이미지 혹은 간단한 조작장치에 의해 움직이는 불도저의 이미지와 등가인 것이다. 조금 더 자세히 말한다면, 세계 혹은 삶의 의미도 모르는 채 타성적으로 살아가는 현대적 삶의 허구성은 재개발에 의해 스러지는 빈민가의 모습(「모래내 다리 근처」연작)이나 사람 그림자라곤 찾아볼 수 없고 대신 개의 짖음만 요란한 부촌의 삭막한 이미지(「요술동네」)를 통해 적나라하게 드러난다.

하지만 시인의 성찰은 그것의 구조적 핵심을 적발하는 지점으로까지 확장되지는 않는다. 다만 시인은 그것을 "썩은 곳에서 죽은 곳으로" 흘러가는 "교외선 열차"(「모래내 다리 근처

2」)에 비유하거나 아니면 그 속에서 자신만 "더욱 외로워질 것"(「요술동네」)이라고 진술함으로써 견뎌내야 하는 삶의 비애감을 토로하는 데 멈춘다. 이는 그의 죽음의지를 확대심화시키는 데 결정타를 날린 사건으로 판단되는 베트남전(「무지개 6」)과 그에 따른 보트피플의 문제를 다루면서 "가장 편리하게 잠"들고 "무서울 때 잠드는 우리를 용서해"(「용서해다오」)달라고 말하는 소극적인 주체고발에서도 확인되는 바이다. 이런 모습은 시인이 시를 통해서든 아니면 직접적인 실천을 통해서든 세상은 살 만한 곳으로 개선되어야 한다는 희망의 원리를 꿈꿀 수 없을 정도로 광포한 운명의 힘에 포박되어 있다는 점을 잘 말해준다.

결국 암울한 미래와 현실의 변화 불가능성은 강창민의 시에 이상적인 것을 꿈꾸지만 제한된 현실 혹은 언어의 불충분함이 그것을 좌절시키는 데서 오는 낭만적 아이러니를 깊이 새겨넣는다.

　　모든 연습을 끝내고 싶어라.
　　절정의 연습마저
　　살아 있음의 아침마저
　　버리고 싶어라.

　　(……)

　　방문을 잠그고 불도 끄면
　　보이지 않는 것은 벼랑

우리가 매달린 절망의 벼랑
손 내밀어 서로를 쥐면
칡넝쿨에 매달린 겨울 풀잎처럼
우리는 서로의 손아귀에서 함께 부스러진다.

다시 한번 절망해야 한다면
부서져 남김없이 버려야 한다면
우리의 무지개는 서로 다른 하늘에 떠올라
밤 도시에
차갑게 걸릴 것이다.
　　　　　　　　　　　　—「밤 도시의 노래」중에서

　시인의 마음은 연습일 뿐인 삶을 끝장내고 싶다는 자기파괴
의지로 가득 차 있다. 애인이나 그리운 것에 다가가지 못하는
시인의 지친 마음(이 시는 연인과의 영원한 결합을 소망하면서
도 그것이 불가능한 현실에 대한 좌절을 그린 것이다)은 '살아
있음의 아침'마저 죽음의지를 부추기는 허무한 것이며, 그런
'절망의 벼랑'에 매달린 삶은 손아귀에 간단히 부서지는 낙엽
과 같은 것이다. 그가 이 허무의 벼랑을 안전하게 빠져나오기
위해서는 하나의 결단이 필요하다. 그것은 재차 절망해야 할
뿐만 아니라 자기를 버려야 하는, 목숨을 담보로 한 내기이다.
그 내기의 결과물이 불야성을 이룬 '밤 도시'에 떠오르는 구
원의 '무지개'이다. 그러나 '죽음'을 대가로 주어질 '무지개'
는 구원이지만 동시에 좌절이기도 하다. 왜냐하면 죽음은 그
들의 결합을 영원히 불가능한 것으로('서로 다른 하늘') 만들

기 때문이다. 시인이 이러한 사실, 즉 타나토스의 힘이 에로스의 그것보다 훨씬 강고한 것이란 사실을 명민하게 의식하고 있다는 점은 무지개에 부여한 차가운 이미지와 '싫어라' '한다면' '걸릴 것이다'와 같은 의지, 가정 등을 나타내는 동사에 의해서도 확인된다.

시인의 생의 욕망마저도 무화시키는 삶의 덧없음은 그를 "빛나지 않으면 외롭지 않고 / 외롭지 않다면 / 우리는 별이 아닐 것"이라면서 "빛남보다 외로움이 되고자" "별이 되었을 것"(「별」)이란 기만적인 자기충족의 상태로 몰아간다. 그러나 여기서 말하는 기만적이란 수사는 부정적인 것만을 의미하지는 않는다. 오히려 그것은 자신의 상황을 내파하는, 적극적인 방식의 싸움을 내포한다는 의미로 쓰인 것이다. 즉 밝은 별일수록 다른 별과 뚜렷이 구분되고 제 위치를 분명히 하듯이, 그 역시 더욱 외로워짐으로써 삶의 존재의미를 확인받고자 하는 것이다. 결국 그는 외롭기 위해 빛나고자 하며 부단히 좌절하는 것이다. 이런 자기성찰 행위는 자신이 만든 허구적 환상을 끊임없이 부숨으로써 세계의 본질에 다가서려거나 혹은 사르트르의 말을 빌린다면, 자신의 유다른 패배를 증언하기 위해 스스로 인생에 좌절하도록 처신하기까지 하는, 낭만적 아이러니의 주체의식에 방불한 것이다.

이제 차례로 살펴보겠지만, 이러한 자기기만의 상상력은 앞에서 익숙히 보아왔던 절망의 논리를 삶의 의지로 역전시키며, 더 나아가 세계의 부정성을 자신의 몸 안에서 적발하도록 만든다.

바다를 안을 때마다
땀에 젖고
바다를 의심할 때마다
나는 더러워지는 강.

내가 안기는 바다
두려움에 떨면, 짐승의
새끼처럼 다시 떨면
잠은 죽음처럼 편안해라.

우리는 바다
더러워진 만큼 맑아지는
늘 새로워지는
살아 있는 바다.

—「우리는 바다」 중에서

　이 시에서 주목되는 점은 '우리' 의식의 발견이다. 이 의식
의 발견은 "서로 닿지 못"(「바다와 나」)함으로써 시적 자아에
게 "밤마다 꾸었을 악몽"만 토해놓던 부정적인 '바다'를 모든
삶을 신생(新生)시키는 모성적 풍요의 공간으로 탈바꿈시킨
다. 이런 탈바꿈은 인용 부분의 3~4행에서 보듯이, 타자에
대한 믿음과 인정을 허용했을 때야 가능해진다. 즉 "서로의
멍에가 가"(「투우」)였다는 역지사지(易之思之)의 마음 씀씀이
속에서야 시인의 외로움과 죽음의식은 남들도 그러하다는 포
용의 논리로 승화되는 것이다. 그러므로 이 시의 '바다'는 자

연물인 동시에 인간들의 '외로움의 바다'이며, '강' 역시 그러하다. 다음 시는 그런 포용의 논리가 주체의 삶의 욕망으로 적극화되는 모습을 잘 보여준다.

쩡쩡 산이 울리도록
도끼질을 거듭하면

나무 넘어지는 곳에
내가 넘어지고 있다.

뒷마당에 쌓이는
장목(長木) 더미 속에 희게 누워
푸른 시간을 찾는다.

평생 푸른 나무를 찍어도
죽은 나무만 뜰에 쌓인다.
 ─「나무꾼의 노래」 중에서

 이 시에 나오는 시인의 도끼질이 외로움으로 빛나기 위해 시도되는 언어적 기투 행위를 상징한다는 점은 비교적 명확해 보인다. 이런 점에서 우리는 도끼질당한 '죽은 나무 = 장작 = 시적 자아'와 '푸른 나무 = 푸른 시간'의 대립적 이미지를 가상(假像)언어와 본질언어의 그것으로 바꾸어 읽을 수 있다. 시인은 후자의 이미지를 자기 것으로 할 수 없다는 것을 알면서도 "푸른 나무 있는 곳이면 어디나"(「나무꾼의 노래」) 찾아가서 도끼질을 거듭한다. 이런 이미지들은 시인의 외로움과 죽음의식이 오히려 자기갱신과 세계의 새로운 발견을 추동하는 적극적인 니힐리즘으로 변모되고 있음을 보여준다.

여기서 우리는 잠깐 위 시들에서 시인이 생의 의지를 불어넣는 색채로 '푸른색'을 의도적으로 채용하고 있다는 사실을 주목할 필요가 있다. 색채 이미지가 지닌 원형상징을 탐구하고 있는 「색동 노래」 연작에서 '푸른빛'(「색동 노래 3」)은 신생 혹은 대지의 깨어남을 지시하는 '역동적 생명력'으로 드러나고 있다. 또한 하늘과 바다, 대지와 나무가 완벽히 혼융되어 있으며, 거기에서 '푸른 생명'을 갈구하는 사내들은 '푸른 띠'를 머리에 두르고 '날이 선 도끼'로 나무를 찍는다. 온통 '푸른빛'에 둘러싸인 사내도 결국은 온몸이 푸르게 변하는데, 이런 점에서 도끼질을 성애적 이미지로 치환할 수 있을 것이다. 물론 이런 총체적 합일은 감각의 구체성에도 불구하고 근본적으로 '상상된 현실'이라는 한계를 지닌 것이기는 하지만, 그 '순간'에의 기억은 「나무꾼의 노래」에서의 도끼질로 상징되는 '헛된 시도'의 가능성과 위대성에 대한 믿음을 견지하도록 만든다. 이 몰약과도 같은 황홀경에의 유혹이 문학(예술)에 목을 매는 '저주받은 시인의식'의 진앙지가 아니었던가.

그러나 시인은 여기에 멈추지 않는다, 아니 멈출 수 없다. 왜냐하면 "칼 부딪치는 소리"와 "거짓과 맹신의 말들"(「색동 노래 4 - 흰빛」)이 판치는 현실의 삶은 알몸으로 빛나는 우주적 합일의 "여백"조차도 허용하지 않기 때문이다. 현실을 외면하는 사내는 "교살당한" 채 거리에 버려지는 복수에 휘말리며, 그 "주검의 얼굴"에는 "창백한 시간"만이 떠오른다. 이 시집의 5부인 '말의 처형'에는 이와같은 묵시록적 상상력이 넘쳐나고 있는데, 그 중 특기할 만한 사실이 "서로를 배신한 만큼 우리는 굳어지"는(「불가사리 3」) 의사소통의 전면적 폐기이다. 이러한 문화를 가장한 야만의 논리를 깨달은 시인은 부끄러움의 흰옷을 입는다.(「색동 노래 4 - 흰빛」) 여기서 원형상징에서와 마찬가지로 흰옷의 의미는 이중적이다. 그것은 '죽음'과 '죄'의 상징인 동시에 그것들을 씻어내려는 반성의지 혹은 순교(구원) 의식(儀式)의 상징이기도 하다.

   i) 창 밖에 달이 떠올랐다.
       사내는 달빛에 쫓겨다니다
       쨍그랑, 칼을 떨어뜨렸다.
       그때 사내의 전신이 돋아났다.
       적은 사내의 얼굴을
       보았다. 사내는 바로 나였다.
              —「적과 적 2 - 밤」중에서

   ii) 새벽마다 계집들은
       잠든 사내들의 목에 칼을 박았다.
       최초로 사내들이 박은 칼이
       최후로 사내들의 목에 박힐 때까지
       (……)
       말과 계집들의 발자국을 지우는 바람이
       빈 마을을 휩쓸고

남아 있는 것은 명령뿐이다.

—「말의 처형 5」중에서

불명확한 이미지들, 긴박한 어조, 거친 호흡의 난무는 시인
의 내면이 불안감과 절망에 휩싸여 있음을 매우 잘 보여준다.
ⅰ)에서 시인은 자기와의 싸움을 벌이고 있다. 그 싸움은 무
의식적인 차원에서 이루어지는 것으로 보이는데, 적과 사내는
시적 자아의 분신들이다. 적이 악마 혹은 이교도라면 사내는
그것을 물리치고 순결한 성지를 회복하려는 선의 수호기사라
볼 수 있다. 시인은 "적이 없어 외로운 거짓"을 자신의 삶과
시에서 발견하며 "당당하고 힘센 적을 그리워"(「불가사리 2」)
했지만, 그 적이 정작 또다른 자신임을 깨닫고 나서 당황할
수밖에 없다. 그러니 서로 자신의 가슴에 비수를 박고 역시
죽음의 내기를 벌인 끝에 승리한 '나'는 "웃을 수가 없"(「적과
적 1-적의 웃음」)게 된다. 즉 순교를 통해서도 죄와 죽음은 씻
기지 않는다. 현실이 결코 빠져나갈 수 없는 미궁이며, 헤어
나려고 허우적거릴수록 더욱 깊숙이 빠져드는 늪이란 사실을
시인이 다시 한번 절감하는 순간이다.

이러한 절망의 시선은 ⅱ)에서 보듯이, 집단 혹은 사회적
차원에서도 동일하게 적용된다. 이런 의미에서 「말의 처형」
연작은 매우 의미심장한데, 여기서 말은 시 전체의 의미상 말
[馬]이 아니라 말[言語]로 읽을 필요가 있다. 즉 「말의 처형」
은 연작 자체가 아이러니의 구조를 이루고 있는 바, 사내들은
현실 속의 타락하고 오염된 권력의 말('명령')에 따라 "싱싱
한 피"(「말의 처형 1」)를 지닌 말을 처형한다. 그것을 거부한

진정한 시인에게 돌아오는 것은 '강요된 추방'이며, 말이 처형된 땅은 그야말로 불임의 공간("강보에 싸인 죽은 망아지" -「말의 처형 4」, '명령'만 남은 마을)으로 황폐화된다. 시인은 '말'이란 단일한 기표가 지닌 다양한 기의를 통해 친숙한 세계와 사물의 이미지를 뒤틀고 낯설게 함으로써 현실을 풍자하고 조롱하고 있는 것이다. 이러한 끔찍한 이미지는 권력의 말만 득세하는 왜곡된 현실의 논리를 효과적으로 환기시킨다는 점에서 인상적이다.

하지만 한편으로 이토록 불길하고 괴기스러운 이미지들은 절망의 논리 안에 자신이 유폐될 수밖에 없음을 강조하는 자기 정당화의 기제로도 작동하고 있는 것으로 판단된다. 왜냐하면 시인은 위와 같은 현실의 폭로에 그치고 있을 뿐 어떻게 '싱싱한 말'을 다시 되찾을 것인가를 더이상 묻지 않고 있기 때문이다. 대신 시인은 「서기 이천년」이란 시에서 재림예수의 최후의 심판에 기대어 성토(聖土)를 회복하겠다는 의지를 알레고리적으로 의탁하는 데 그치고 만다. 과연 인간의 힘이 배제된 현실의 개선이 지복(至福)이 될 수 있을까.

그러나 이런 질문은 그의 시에 대한 불만에서 나온 것이 아니다. 오히려 그것은 시인의 거울을 통해 그런 반성조차 없이 오늘도 "가장 편리하게 잠"들고 있는 우리들의 일그러진 모습을 보아야 하는 불편함에서 온 것이다. 강창민의 『비가 내리는 마을』의 가장 소중한 수확 가운데 하나로 '자신의 삶을 속이지 않으려는 진지하고도 정직한 자세와 의지'를 꼽고 싶다는 생각이 문득 떠오른 것도 이 때문이다.

비가 내리는 마을
초판인쇄 · 1998년 4월 27일
초판발행 · 1998년 5월 4일
지은이 · 강창민 / 펴낸이 · 강병선
펴낸곳 · (주)문학동네
주소 · 110-521 서울시 종로구 명륜동 1가 31-9
      www. munhak. com
출판등록 · 1993년 10월 22일 제22-188호
전화번호 · 765-6510~2, 743-2036, 743-9324~5
팩스 · 743-2037

ISBN   89-8281-101-X 02810